Cuando Sofía se enoja, se enoja de veras...

POR MOLLY BANG

SCHOLASTIC INC.

New York   Toronto   London   Auckland   Sydney
Mexico City   New Delhi   Hong Kong   Buenos Aires

Sofía

estaba muy ocupada

jugando

cuando...

ME TOCA

su hermana le quitó a Gorila.

—¡No! —dijo Sofía.

—¡Sí! —dijo su mamá—.
Ahora le toca a <u>ella</u>,
Sofía.

Entonces su hermana le arrebató a Gorila...

y Sofía se cayó sobre el camión.

¡Oh,
ahora sí que
Sofía está
enojada!

Patalea. Grita.
Quiere romper el
mundo en mil pedazos

¡SMASH!

Lanza
un rugido
rojo,
muy rojo.

Sofía es un volcán
a punto de explotar.

Y cuando Sofía
se enoja,
se enoja de veras...

Corre y corre
que te corre hasta
que no puede más.

Después
llora
un ratito.

Mira las piedras,
los árboles y los helechos.
Oye el trino de un pájaro.

Camina hasta una
vieja haya
y se trepa.

La brisa acaricia
su cabello.
Contempla el agua
y las olas.

El ancho mundo
la consuela.

Ahora se
siente mejor.
Se baja
del árbol...

y vuelve a casa.

¡YA ESTOY EN CASA!

Su casa
está calentita y hay
un olor muy rico.
Todos se alegran de verla.

Y Sofía
ya no está
enojada.

A los niños, mamás y papás, abuelas y abuelos, tíos y tías,
amigos y amigas que alguna vez se enojaron,
aunque sólo haya sido una vez.
M.B.

Cuando Sofía se enoja, sale corriendo y se trepa a su árbol favorito.
Cada persona expresa su enojo de una manera diferente.
¿Qué haces tú cuando te enojas?

Originally published in English
as *When Sophie Gets Angry -
Really, Really Angry...*

Translated by Carmen Rosa Navarro.

ISBN 0-439-40987-X

20 19 18 17 16 15 14   13 14 15 16 17 18/0

Printed in the U.S.A.   08

First Scholastic Spanish printing, September 2002